SUPPLEVIT·CICADA·VOCE·FRACTAM·FIDEM

Alice Fumero

IL TESTAMENTO DI BEETHOVEN

ATTO UNICO

I edizione cartacea ottobre 2020
ISBN 978-88-31444-03-3
Prezzo € 9,00

Associazione LeMus
via delle Germane 11 – 10015 Ivrea (TO)
www.lemusedizioni.com – info@lemusedizioni.com
FB @LeMusEdizioni - TW @EdizioniLemus - IG lemusedizioni

Sommario

L'immagine popolare di Ludwig van Beethoven (1770-1827), tramandata nel corso del tempo, è quella di un misantropo scarmigliato e di un uomo maleducato, quasi insensibile, dal carattere collerico. Pare che egli evitasse la compagnia degli altri uomini, preferendo la solitudine; sempre pronto a mettere le questioni personali e gli affetti in secondo piano rispetto all'atto creativo della sua musica. Un po' di vero in questo ritratto c'è, ma non del tutto. La vita privata, le diverse vicissitudini famigliari e professionali ebbero ripercussioni sul carattere di Beethoven tanto da rendere l'analisi della sua persona e della sua musica molto più profonda e affascinante.

Prima di tutto, molte delle difficoltà sociali di Beethoven nascevano da una malattia cronica. A ventotto anni aveva già subito una grave perdita di udito, la cui origine è ancora controversa: cominciò dall'orecchio sinistro e poco dopo colpì anche il destro, peggiorando progressivamente; l'inesorabile perdita di udito, inoltre, era accompagnata dalla sensazione di qualcosa che squillasse o, piuttosto, che ruggisse nelle orecchie e che lo rendeva particolarmente irascibile.

Dunque, è lecito chiedersi se la sua musica sia stata influenzata dai problemi all'udito, oppure quanto i suoi problemi familiari o economici possano aver condizionato la sua creatività. D'altra parte, molti vedono nelle sue composizioni un ideale eroico e una forza trionfante dell'individuo contro le avversità.

Lo spettacolo teatrale *Il testamento di Beethoven* nasce proprio dalla volontà di esplorare l'eventuale legame fra la sua musica e il suo lato umano più spirituale, profondamente ferito dalla sordità. Soprattutto tenta di mettere a fuoco due prospettive differenti, confrontando l'immagine che di Beethoven potevano avere i suoi contemporanei e l'immagine odierna del Maestro di Bonn, maggiormente intima e completata da studi musicologici e psicologici.

Per questo, lo spettacolo – pur essendo un atto unico – è organizzato in quattro scene che si svolgono in due momenti storici differenti. Nella prima e nella terza scena, ambientate nel giorno del funerale di Beethoven nel 1827, sono protagonisti il nipote Karl (oggetto di contesa in tribunale per la tutela) e la tanto odiata cognata Johanna. Nella seconda e nella quarta scena invece, ambientate nel 2015, una giovane giornalista conduce un'intervista a un direttore d'orchestra (di nostra invenzione) in pausa durante le prove d'orchestra della Nona sinfonia che dovrà eseguire a Vienna.

Gli aneddoti e gli aspetti di Beethoven trattati nelle precedenti scene "in costume" saranno ripresi e in alcuni casi spiegati, in altri saranno punti di partenza per nuove riflessioni. Temi come la lotta legale per la custodia, la sordità e le altre malattie, gli amori segreti, l'amicizia, i soldi, la dignità, la fede, la famiglia e la solitudine delineano il ritratto di un Beethoven sconosciuto. A legare il tutto la straordinaria ultima sinfonia di Beethoven, vero testamento artistico e umano di un compositore dotato non soltanto di una capacità creativa straordinaria ma anche di una profondità umana e di una alta concezione di vita, rimaste fin troppo spesso ignorate o dimenticate.

Realizzato per la prima volta nel 2015 all'interno della stagione "Musica e Scienza" organizzata dall'Associazione K.I.T.E., che promuove – attraverso eventi ibridi – l'incontro fra cultura umanistica e ricerca scientifica sul territorio piemontese, lo spettacolo ha l'ambizioso obiettivo, in circa un'ora di svolgimento, di compiere una doppia azione divulgativa, sia in campo medico che musicologico, parlando con un linguaggio semplice a un pubblico eterogeneo e non necessariamente specialistico.

Scritto basandosi su autorevoli e aggiornate fonti, lo spettacolo ha il pregio di condensare numerosi dati storici, aneddoti più o meno conosciuti e alcune delle interpretazioni estetiche e musicologiche più accreditate in un testo denso, ma appassionato e avvincente.

Le ricerche di Maynard Solomon – esposte in *Musica, pensiero, immaginazione* e *Su Beethoven. Musica, mito, psicoanalisi, utopia* – sono state fra le fonti da cui più si è attinto per delineare un profilo psicologico di Beethoven. Accanto a questi saggi sono stati consultati diversi altri studiosi, fra i quali ricordiamo i nomi di Carl Dahlhaus, Fabrizio Della Seta, Giorgio Pestelli, Lewis Lockwood e Massimo Mila.

Pur mantenendo la sua naturale inclinazione alla rappresentazione teatrale (anche all'interno delle programmazioni delle scuole di secondo livello come momento di approfondimento), *Il testamento di Beethoven* diventa oggi una pubblicazione cartacea e digitale (eBook), inaugurando la collana di testi teatrali del catalogo di LeMus Edizioni. Da segnalare, accanto a questa operazione editoriale, anche la versione podcast grazie alle voci degli attori Omar Ramero e Giulia Brenna.

Queste due operazioni hanno l'obiettivo di avvicinare un nuovo e diversificato pubblico alla figura e alla musica di Beethoven, nella profonda convinzione che conoscere la sua musica (e i suoi silenzi), ripercorrere alcune delle sue vicende più intime e problematiche (come il rapporto con nipote e cognata) potranno aiutare a svelarne i più intimi misteri e potranno delineare un ritratto più profondo dell'uomo che fu, permettendoci così di toccare la grandezza e la follia di uno dei più grandi compositori.

Alice Fumero

Il podcast di questo spettacolo può essere
ascoltato sul sito web
di **LeMus Edizioni** e su **Spreaker.com**.

Personaggi

JOHANNA REISS, madre di Karl e cognata di Beethoven

KARL VAN BEETHOVEN, figlio di Johanna e nipote di Beethoven

DIRETTORE D'ORCHESTRA Omar Rammato

GIORNALISTA di una rivista universitaria

GRILLPARZER, autore dell'orazione al funerale di Beethoven (voce fuori campo)

BEETHOVEN (voce fuori campo)

* * *

Le Scene I e III sono ambientate in casa di Johanna e Karl (29 marzo 1827). Le Scene II e IV hanno luogo nel camerino del Direttore d'orchestra (29 marzo 2015).

PROLOGO

Grillparzer

(voce fuori campo) Fu un artista, ma anche un uomo, uomo nel significato più pieno. Poiché si isolò dal mondo lo dissero ostile, e poiché rifuggiva il sentire comune lo dissero insensibile... Se fuggì il mondo, fu perché nel profondo del suo animo aperto all'amore non trovò alcun sostegno per resistergli. Se si sottrasse agli uomini, fu solo dopo aver loro dato tutto, senza aver ricevuto nulla in cambio... Ma voi, che avete sin qui seguito questa cerimonia, dominate la vostra mestizia! Non l'avete perduto, l'avete ritrovato. Solo quando la porta della vita si serra alle nostre spalle, quella del tempio dell'immortalità si spalanca...

SCENA I

Johanna *e* Karl

Vienna, 29 marzo 1827. Interno con tavolo apparecchiato con una bottiglia di vino e alcuni bicchieri. Sedie intorno al tavolo.

JOHANNA

Un'orazione degna del signor Grillparzer! Non credi? Solo un poeta avrebbe potuto scrivere parole in grado di rendere un così grande omaggio a un uomo *(sprezzante)* "eccentrico" come, come… *(si interrompe)*

KARL

(tace e si versa del vino)

JOHANNA

Per l'amor del cielo, è troppo presto per questo *(gli strappa il bicchiere di mano)* mica vuoi finire come lui!

KARL

(si fa cadere sulla sedia sconsolato)

JOHANNA

(parlando quasi da sola) Non avevo mai visto tante persone a un funerale! Sembrava che il corteo non avesse fine. L'intera Vienna sembrava essersi riversata in strada! Due ore prima delle tre una folla enorme era già accalcata a Schwarzspanierhaus. Casa sua è stata letteralmente presa d'assalto! Ma

chi erano quelli che portavano la bara? Ho riconosciuto solo Hummel...

KARL

(*svogliato, con lo sguardo perso nel vuoto*) Erano otto
direttori d'orchestra...

JOHANNA

(*mentre passa uno straccio sul tavolo*) Ah, mh... E
quelli delle fiaccole? Ne ho contate 36, molto suggestivo. (*pausa*) C'era il Maestro Czerny vero? Non
era stato tuo insegnante di pianoforte?

KARL

Sì, mi aveva obbligato a prendere lezioni, (*quasi con
disperazione*) ma io ho sempre odiato suonare...

JOHANNA

E chi si è occupato del cimitero?

KARL

Schindler e Von Breuning...

JOHANNA

(*cinica*) E chi se no?

KARL

(*cercando di fermarla dalle sue faccende e pensieri*)
Mamma!!!

JOHANNA

(*ignorandolo*) Non pensavo che Vienna potesse contenere tanta gente contemporaneamente. A un
certo punto ho creduto che il terreno sotto i nostri
piedi cedesse sotto il peso di tutti noi: continuava-
no ad arrivare da ogni direzione.

KARL

(*tace e si innervosisce*)

JOHANNA

Ma chi era tutta quella gente? (*pensierosa*) Sono rimasta sinceramente impressionata! Quanti saranno stati? Centinaia, vero?

KARL

(*bofonchiando, a bassa voce*) Migliaia…

JOHANNA

(*ignorandolo e parlando da sola*) Centinaia di persone solo per lui… no, no non per lui come persona… impossibile! I viennesi sapevano quanto fosse pazzo! Si erano già dimenticati di lui: solo la sua morte ha risvegliato la loro curiosità! (*come se pensasse ad alta voce*) Per la sua musica magari, per la sua musica sì, questo posso crederlo… ma per lui, Dio ci aiuti, impossibile! E chissà invece quante persone venute da ogni dove che invece non immaginano neppure che razza di "uomo" egli potesse essere… centinaia di persone per… per…

KARL

(*alzando la voce, rabbioso*) Migliaia, erano migliaia!!!

JOHANNA

Karl, tesoro… perché alzi la voce in questo modo, sveglierai tua sorella.

KARL

(*mestamente*) È morto, mamma… è morto!

JOHANNA

(*serenamente, quasi sollevata*) Sì… lo so, tuo zio è morto.

KARL

(*disperatamente*) Ludwig van Beethoven è morto! E forse per colpa mia.

JOHANNA

Non dire sciocchezze! Era malato da tanto tempo. (*pausa*) E poi chi ha l'animo cattivo come il suo, beh… la morte viene a prenderselo prima!

KARL

Ma quando siamo tornati a dicembre dalla casa di campagna dello zio Johann, aveva già la febbre. Avrei dovuto chiamare il dottor Wawruch subito.

JOHANNA

E lui ti avrebbe detto la stessa cosa che ti ha detto dopo: i malanni di tuo zio erano ormai irreversibili. Lo sapevano tutti.

KARL

Hai ragione, forse lo sapeva anche lui. Quando sabato è arrivato un carico di vino della Mosella in omaggio, lui non ha detto altro che: «Peccato, troppo tardi».

JOHANNA

(*caustica*) Quindi, non hai nessuna colpa.

KARL

Gli abbiamo dato due cucchiai di vino e poi è caduto in coma. (*pausa*) Pace all'anima sua.

Johanna

(*trionfante*) E finalmente pace alle nostre vite, Karl!
Il suo infinito odio non potrà più avvelenarci.

Karl

Tu non eri presente in quel momento, mamma: era
incosciente da due giorni e improvvisamente si è
tirato su con gli occhi aperti, con quel pugno agita-
to contro il cielo, come per sfidare l'universo inte-
ro. Un tuono è risuonato nella stanza e lui è ricadu-
to sui cuscini. Morto. Sembrava che tutta la natura
sapesse cosa stesse succedendo.

Johanna

(*duramente e cinica*) Che cosa è successo Karl? È
successo che il tuo orrendo zio, malato da tempo,
ha cessato di vivere.

Karl

Non parlare così.

Johanna

Come dovrei parlarne? Almeno in casa mia dirò la
verità. Quel mostro ti ha strappato a me per più di
dieci anni? Te ne sei forse dimenticato?

Karl

(*tace e cerca di nuovo il vino*)

Johanna

Se hai la memoria corta, allora tocca qui (*gli prende
la mano e lo costringe a toccarsi la tempia sinistra*).
Questa è la cicatrice della tua sofferenza, Karl!
Dio non mi faccia pensare che potevo perderti per
sempre.

KARL

(*cercando di distoglierla dal pensiero*) Mamma…

JOHANNA

Sono passati solo otto mesi da quel maledetto 29 luglio. Come hai potuto pensare di… di… di…

KARL

(*arrabbiato*) Di spararmi? Che altra alternativa avevo? Lui voleva che fossi migliore di quello che sono!

JOHANNA

(*urlando*) Lui voleva, lui ordinava, lui urlava, lui pretendeva… lui ci tormentava!

KARL

(*esausto*) Mi ero stancato della vita, mamma. Ma guarda che gran risultato ho ottenuto! Avevo due pistole con me, due. E sono riuscito solo a perdere l'orologio che ho dato in pegno per le armi e a procurarmi una stupida cicatrice (*indicandola*).

JOHANNA

Hai ottenuto molto di più caro. Quando ti hanno ritrovato su quelle rovine a Baden, Holz ti ha riportato a casa da me.

KARL

(*risentito*) Finché non mi avete rinchiuso in quell'ospedale!

JOHANNA

Hai tentato il suicidio Karl, per la seconda volta!

KARL

E ogni volta non avete fatto altro che sbattermi da una parte all'altra.

JOHANNA

(*risentita*) Cosa dici?

KARL

Mi avete messo in quel maledetto Istituto Giannattasio. Poi mi avete fatto studiare lingue classiche.
(*con rabbia*) Io volevo fare il soldato! Ma no, facciamogli studiare economia; no, non va bene neppure
quello, proviamo con il politecnico.

JOHANNA

E chi devi ringraziare di tutto questo? Tuo zio,
Karl: il tuo grande Ludwig van Beethoven! Dopo la
morte di tuo padre la nostra vita è stata un inferno
e la colpa è sua, solo sua!

KARL

(*diventando più dolce*) Mi voleva bene, solo che…
(*esitando*) pretendeva troppo.

JOHANNA

Ti voleva bene? È volere bene al proprio nipote
strapparlo a soli nove anni dalla propria madre e
vietargli di vederla? Ho dovuto mascherarmi da
spazzacamino per entrare nella tua scuola e avere
la possibilità di vederti, anche solo per un istante.
E tu, tu quante volte sei scappato? Quante volte sei
arrivato qua come un clandestino?

KARL

(*tristemente*) Tante.

JOHANNA

E lui come ha capito questo tuo bisogno naturale
di figlio? Come? Ti ha mandato a prendere dalla

polizia, ti ha fatto trascinare via con la forza per le strade come un delinquente qualunque. Questo sarebbe lo zio affettuoso che ti amava?

KARL

(*in difficoltà*) Lui voleva… lui era… lui pensava…

JOHANNA

Ma perché mai lo difendi?

KARL

(*pieno di sconforto*) Non lo difendo! È che lui aveva sempre delle reazioni esagerate, lo sai. Ti ricordi quando è entrato in casa urlando contro papà pensando che gli avesse trafugato degli spartiti?

JOHANNA

Come potrei dimenticarmene? Ha spalancato la porta come una furia, ha aperto tutti i bauli urlando contro suo fratello. Sembrava un folle! Tuo padre è stato il suo segretario: era lui che teneva i contatti con gli editori all'inizio della sua carriera, era normale che avesse con sé degli spartiti.

KARL

Lo zio ha sempre avuto un po' di paranoie riguardo alle persone intorno a sé.

JOHANNA

Paranoie? Manie di persecuzione, ecco come si chiamano! Quanti servitori ha licenziato convinto che lo derubassero? Quanti?

KARL

Era irritabile, terribilmente irritabile. Lo so! Chi

meglio di me lo sa? Ho passato tutta la vita a litigare con lui! Non faceva altro che rimproverarmi. Ma quanto chiedeva scusa, dopo!

JOHANNA

Quando era troppo tardi…

KARL

(*difensivo*) Ma quanto aveva abbracciato papà per scusarsi.

JOHANNA

Ti sembra un comportamento normale? (*risentita*) A me non ha mai chiesto scusa per niente.

KARL

Perché ti ha sempre detestato.

JOHANNA

(*piena di rabbia*) Ha usato la sua maledetta fama per distruggermi. Tuo zio ha deliberatamente ignorato le ultime volontà di tuo padre e ti ha portato via.

KARL

Ma perché vietarmi anche di vederti?!

JOHANNA

Perché era un egoista, un dannato ingestibile folle! Ci erano voluti anni perché la corte riprendesse la questione della tutela in mano. E lui cosa ha fatto? Ha intentato una nuova causa contro di me; ma non una causa normale, nooo. Mi ha trascinato di fronte al Landrecht Imperiale di Vienna.

KARL

(*stanco e demoralizzato*) E che cosa cambiava?

JOHANNA

Eri troppo piccolo per capire! (*spiegando*) Il Landrecht è il tribunale che ha la giurisdizione sulle liti
della nobiltà. L'esito vittorioso per tuo zio non poteva che essere scontato.

KARL

(*confuso*) Non capisco.

JOHANNA

(*quasi esasperata*) Credevano tuo zio di origini nobili, Karl! Per via di quel "van" davanti al tuo cogno-
me. E per cosa se no? Non certo per il suo aspetto.
Per strada lo hanno addirittura arrestato scam-
biandolo per un vagabondo: una "scimmia" trasan-
data e sporca, "un uomo delle caverne" con la faccia
butterata, eccolo il tuo grande zio "nobile"!

KARL

Ma noi non abbiamo origini nobili! Non lo era mio
padre come non lo era lo zio Ludwig.

JOHANNA

Eppure per tre anni, tutti zitti! Tre anni è durata
la causa al Landrecht e nessuno a Vienna si è fatto
avanti per contestare l'inganno! Perché d'inganno
si trattava: lui faceva il nobile e io che sono una
figlia di un tappezziere ero considerata meno di
niente.

KARL

Ma Vienna era tutta schierata dalla tua parte!

JOHANNA

Ma la simpatia del pubblico per una madre maltrattata e bistrattata certo non poteva opporsi a lui o ai suoi protettori! Se gli stessi nobili non lo avessero ritenuto uno di loro, né il suo genio né le sue creazioni artistiche gli avrebbero guadagnato quella privilegiata posizione di cui ha goduto nei circoli aristocratici, stanne certo!

KARL

Sì, lo zio era molto richiesto. Hai visto come l'arciduca Rodolfo d'Asburgo era sinceramente toccato dalla sua morte?

JOHANNA

Tuo zio doveva molto non solo a lui, ma a tutti i mecenati che lo hanno sostenuto, appoggiato, venerato.

KARL

Lo so, mi ha lasciato una scatola piena di tutte le medaglie e le decorazioni che gli sono state in segno di onorificenza: sono moltissime.

JOHANNA

Non voglio neppure immaginare con quale moneta può averli ringraziati, quella razza di uomo! Strano addirittura che li abbia conservati tutti, quegli oggetti.

KARL

Sei così dura.

JOHANNA

Tuo zio non sarebbe stato capace di comportarsi bene neppure davanti a Napoleone! Anzi lo avrebbe aggredito sicuramente!

Karl

La condizione dello zio degli ultimi anni spesso gli ha impedito di distinguere ciò che era reale da quello che non lo era. Era molto confuso. Dopo il mio tentato suicidio non era più lo stesso e poi la sordità e tutte le altr…

Johanna

(interrompendolo con rabbia) Non giustificarlo perché non ci sentiva. Non tutti i sordi sono pazzi! E lui era un pazzo!!! E se non fosse stato tanto sciocco da farsi scappare quella "frase" davanti al tribunale, la causa si sarebbe chiusa al Landrecht.

Karl

(con rabbia) E cosa è cambiato? Nulla…

Johanna

Ma io ho fatto tutto quello che era in mio potere. Ho implorato ogni volta la corte: non è colpa mia se nessuno mi ha ascoltato!

Karl

Già, forse. Ma che cosa ne sarà di me, adesso che è morto lo zio. Io non sono ancora maggiorenne e il testamento dello zio è chiaro: tu non puoi!!!

Johanna

Non pensare alla tutela. Troveremo una soluzione. Adesso, dopo che avremo sistemato le cose di tuo zio, tornerai al tuo reggimento a Erzherzog e proseguirai l'Accademia militare. Vai a prendere le carte di tuo zio che ti hanno consegnato… e che Dio abbia pietà di noi…

SCENA II

Direttore d'orchestra *e* Giornalista

29 marzo 2015. Camerino: due sedie.

DIRETTORE

(*indicando una sedia*) Prego, prego. Vieni, accomodati.

GIORNALISTA

(*accomodandosi su una delle due sedie*) Maestro, è davvero gentile a concedermi un po' del suo tempo per questa intervista.

DIRETTORE

Ma ci mancherebbe. Mi hanno detto che scrivi per un piccolo giornale universitario. Spazio ai giovani, no?

GIORNALISTA

Eh, sì… grazie. (*tirando fuori carta e penna*) Dunque. (*tirando fuori dalla borsa un piccolo registrare*) Posso registrare?

DIRETTORE

Assolutamente!

GIORNALISTA

(*guardando nei suoi appunti*) Maestro Omar Rammato, diplomato con il massimo dei voti in pianoforte e direzione d'orchestra al Conservatorio di Torino, Master alla Royal Academy di Londra. Ha diretto

alcune delle più prestigiose orchestre a New York,
Tokyo, Londra. (*alza la testa per avere conferma*)

DIRETTORE

Tutto corretto.

GIORNALISTA

Come ci si sente a dirigere la Nona di Beethoven,
a Vienna, nella piazza che fu teatro del funerale di
Ludwig van Beethoven, proprio nel giorno del suo
188esimo anniversario di morte?

DIRETTORE

Prima di tutto ci si sente molto fortunati, finché
non subentra un gran senso di responsabilità! La
Nona di Beethoven è una sinfonia straordinaria-
mente – come possiamo dire – "imponente". Credo una sintesi di tutta la grandezza di Beethoven.
Già nel primo movimento senti tutta la forza di un
uomo che è nel pieno delle sue capacità creatrici;
io devo essere in grado di domare tanta grandezza.

GIORNALISTA

Una grandezza artistica che spesso viene contrap-
posta alla sua personalità, possiamo definirla, controversa? Beethoven viene definito un uomo facil-
mente irritabile, collerico, maleducato.

DIRETTORE

Ci si sono messi un po' tutti a restituirci un'immagine di Beethoven come di un genio eroico, chiuso
in se stesso e concentrato solamente sulla sua arte,
cercando di limare, se non addirittura eliminare i
lati più spigolosi della sua personalità…

GIORNALISTA

Parla dei musicologi e dei critici?

DIRETTORE

No, no; il contrario. Mi riferisco alle persone più vicine a lui, come gli amici più affezionati, come Schindler... (*la giornalista fa capire che non sa di chi si tratta*). Schindler era il suo ultimo segretario e amico; è sua la prima biografia di Beethoven: eppure dicono che fu lui a distruggere la maggior parte dei quaderni di conversazione che usava per comunicare quando ormai era totalmente sordo, per mantenere segreti comportamenti che al pubblico potevano suscitare disprezzo e delusione.

GIORNALISTA

(*molto incuriosita*) Come distrutti? Ma ne ha distrutti tanti?

DIRETTORE

Se pensi che ne rimangono solo 137 su circa 400, sembra proprio che di cosette scomode ne avesse dette il vecchio Ludwig.

GIORNALISTA

(*sorpresa*) Era talmente spregevole?

DIRETTORE

Tutt'altro! Gli studi attuali rivelano un uomo che suscita pietà, non disprezzo. Lavorando duramente è riuscito a lasciarsi alle spalle un'infanzia difficile, nella quale i genitori l'avevano amato ben poco, e a costruirsi un mondo di successi e riconoscimenti. Beethoven, lottando anche con la sordità – che per un musicista non è proprio irrilevante – si è dedicato completamente alla composizione ed è riuscito a uscire dalle crisi più nere.

GIORNALISTA

Come si dice, un "carattere forte".

DIRETTORE

Diciamo che studiare "Beethoven uomo" può essere affascinante quanto suonare le sue opere: non per altro si usa il termine "carattere" per descrivere un brano musicale, no?

GIORNALISTA

Ecco appunto parlavamo di "carattere forte"! Ciò che in effetti connota la sua musica è una certa forza, una forza quasi violenta contro qualcosa: un destino, che come mi ha detto non gli è stato particolarmente amico. Lo stesso pugno alzato al cielo nel momento della sua morte è una chiara sfida alla sua imminente fine.

DIRETTORE

Beh, l'immagine è senz'altro suggestiva. Già il fatto che nell'ora fatale sia scoppiato un temporale su Vienna, rende il tutto ancora più "eroico". Tuttavia, in maniera molto più prosaica, questo gesto può essere spiegato in maniera clinica.

GIORNALISTA

(*sorpresa*) Clinica?

DIRETTORE

Beethoven è morto il 26 marzo 1827 alle 17:45 per insufficienza epatica causata da cirrosi del fegato.

GIORNALISTA

(*interrompendolo disorientata*) Mi scusi, cosa c'entra questo con il pugno?

DIRETTORE

Ci arrivo! Beethoven era da giorni in coma profondo. Ma chi muore di insufficienza epatica, anche se incosciente, spesso risponde in maniera esagerata a stimoli improvvisi, come la luce di un fulmine. Questo è dovuto all'accumulazione di sostanze tossiche di rifiuto normalmente eliminate dal fegato. Il gesto di Beethoven è stato un riflesso meccanico dell'irritazione cerebrale che accompagna l'insufficienza epatica. Tutto qua.

GIORNALISTA

(*molto delusa*) Ah, decisamente meno "romantico".

DIRETTORE

Ah ah ah! Quando eseguo Beethoven, non voglio mai dimenticare che oltre a un genio era un uomo. Aiuta a comprendere ancora più in profondità la sua musica. Come uomo – inteso biologicamente come corpo – il povero Ludwig ne ha viste davvero di brutte!

GIORNALISTA

Si riferisce al fatto che fosse sordo?

DIRETTORE

No, mi riferisco a tutti gli altri malanni con cui Beethoven ha dovuto convivere.

GIORNALISTA

Per esempio?

DIRETTORE

Beethoven soffriva d'asma; in moltissime lettere e pagine di diario parla del suo "torace debole". Invece quando parlava di "colica" si riferiva a quello che l'autopsia ha diagnosticato fosse una pancreatite cronica.

GIORNALISTA

E queste malattie hanno molto condizionato la sua vita?

DIRETTORE

Oh certo, tra l'altro sono problemi che risalgono alla stessa epoca in cui si sono sviluppati quelli della sordità.

GIORNALISTA

Quanti anni aveva?

DIRETTORE

Circa intorno ai trent'anni. I primi problemi all'orecchio risalgono al 1796, mentre il primo attacco di colite al 1801. La malattia al fegato inoltre aveva indebolito le sue difese immunitarie: per questo era tormentato da un'infezione alla pelle e da perdite di sangue dal naso. Beethoven trascorreva molti periodi dell'anno confinato a letto: non mangiava, rasentando l'anoressia, e beveva molto per lenire i dolori addominali. Beveva nel senso di alcol, ovviamente.

GIORNALISTA

Per questo gli è venuta la cirrosi epatica, perché era un alcolizzato?

DIRETTORE

Non vorrei sembrare Schindler e censurare le sue
brutture, ma non userei quel termine, ecco! Certo
che una delle cause più comuni è quella, sì: noi abbiamo molte prove del suo forte consumo di alcol.

GIORNALISTA

Nessuno intorno a lui è riuscito ad aiutarlo?

DIRETTORE

Allora le conoscenze scientifiche e le condizioni
igieniche erano ben diverse. Nell'ultima fase della
sua malattia, uno dei medici gli prescrisse come
palliativo un punch alcolico ghiacciato, ma glielo
dovettero togliere perché ne abusava; il fatto è che
bere era per lui non soltanto un rimedio alla sua
cattiva salute ma anche alle tristi ripercussioni delle liti per la tutela del nipote Karl, liti che lo avevano davvero prostrato.

GIORNALISTA

Ecco, questa è una storia che non tutti conoscono e
forse varrebbe la pena di raccontare.

DIRETTORE

Assolutamente, perché fu una storia fondamentale
per Beethoven.

GIORNALISTA

Ce la può riassumere in poche parole?

DIRETTORE

La storia è questa: Beethoven era il più grande di
tre fratelli (in realtà cinque ne sono venuti al mondo ma solo questi tre sono sopravvissuti); con i

fratelli ha sempre avuto un rapporto difficile. Era molto legato a entrambi ma non sapeva sicuramente dimostrarlo. Con Kaspar Karl, il secondo, le cose cominciarono andare male quando si sposò con una certa Johanna Reiss, che non sopportava.

GIORNALISTA

Perché Beethoven detestava tanto questa Johanna? Non fu proprio il tanto odio che mostrò verso di lei che indussero tutti a considerarlo un misogino?

DIRETTORE

Johanna divenne un po' il capro espiatorio dell'atteggiamento ambiguo che Beethoven aveva verso le donne.

GIORNALISTA

Che tipo di atteggiamento?

DIRETTORE

Una miscela esplosiva di paura e desiderio, di odio e amore. Un atteggiamento che probabilmente fu la conseguenza di problemi irrisolti verso una concezione ideale di famiglia, diversa rispetto a quella in cui crebbe realmente.

GIORNALISTA

Allora perché distruggere la cognata?

DIRETTORE

Anche qua il racconto ha creato i suoi miti nel corso del tempo. Risulta, in realtà, che Beethoven non smise di aiutare economicamente la vedova di suo fratello, sebbene la lotta per la tutela di Karl sia stata spietata e senza esclusione di colpi.

GIORNALISTA

Ma con quale scusa Beethoven ha cercato di strappare suo nipote alla madre? Ci doveva pur essere un qualche motivo plausibile.

DIRETTORE

Non la riteneva adatta a fare la madre.

GIORNALISTA

Ed era vero?

DIRETTORE

Beh, Beethoven la definiva una poco di buono: la chiamava la "Regina della Notte", come la cattiva del *Flauto magico* di Mozart!

GIORNALISTA

Accidenti!

DIRETTORE

Jakob Hotscheva, l'avvocato che seguì la lotta legale per la tutela per conto di Johanna, divenne il tutore di Karl, ma non volle qualche anno dopo assumersi anche la responsabilità di Ludwica, la figlia illegittima di Johanna, perché non voleva più aiutare una donna che lui definì "incapace di una condotta morale lodevole"…

GIORNALISTA

Ah però, una trama degna di *Beautiful*! Quindi Beethoven aveva ragione.

DIRETTORE

Eh eh… non sapremo mai dove sta la verità.

GIORNALISTA

Ma non era comunque inusuale pretendere la tutela esclusiva del bambino con ancora in vita la madre, per quanto una poco di buono?

DIRETTORE

Assolutamente! Tanto più che sicuramente il fratello Kaspar, che nel 1812 morì di tubercolosi, aveva lasciato come suo ultimo desiderio che la tutela fosse di entrambe, e che ovviamente suo figlio vivesse con la madre.

GIORNALISTA

Ma Beethoven portò tutto davanti al tribunale, giusto?

DIRETTORE

La vicenda a questo punto si fa più complessa. Nel 1816 Beethoven fu riconosciuto tutore di Karl, però dopo due anni volle toglierlo dall'istituto dove studiava e portarlo a vivere a casa sua, e questo scatenò il ricorso della madre. Ricorso che si prolungò per davvero molti anni. La causa fu dapprima discussa davanti al tribunale riservato ai nobili che sembrò favorire Beethoven, agevolato rispetto a una cittadina comune.

GIORNALISTA

Non sapevo che fosse nobile… (*riflettendo fra sé*) ah, beh… per il "van" Beethoven?

DIRETTORE

(*divertito*) Ma no, non lo era! La particella "van" è olandese e non ha lo stesso significato del "von" tedesco! Beethoven lo ha lasciato credere a tutti, e anzi ha fomentato l'idea, perché sicuramente gli serviva per la causa, ma quello che è interessante è che anche in altre occasioni continuò a usare un falso titolo nobiliare come "Imperial Regio Maestro di Cappella" e questo dimostra una cosa ben più importante sulla sua personalità.

Giornalista

Quale?

Direttore

Che aveva un profondo desiderio di essere accettato da coloro che erano al vertice della società: da chi stava al potere, dalla famiglia reale e dalla nobiltà.

Giornalista

(*cercando di riordinare le idee*) Ma… Beethoven non fu uno dei primi a rivendicare la propria autonomia nei confronti di commissioni e mecenati?

Direttore

(*compiaciuto*) Sì, esatto. Beethoven ha sicuramente raggiunto ciò che Mozart ha desiderato tutta la vita senza riuscirci appieno: parlo del fatto che egli divenne uno dei primi musicisti "indipendenti".

Giornalista

Ok, ma allora quale tipo di rapporto aveva con i suoi committenti? Perché in fondo ne ha avuto molti e diversi. Penso all'arciduca Maximilian Franz d'Asburgo o al conte Waldstein.

Direttore

Certo! Tutti personaggi importanti, mecenati a cui

egli dedicò anche composizioni straordinarie come il Trio o la Sonata che portano il loro nome.

GIORNALISTA

La dedica era quindi una prassi di semplice "opportunità" e non un'espressione di un sincero affetto?

DIRETTORE

(*sogghignando*) Sarà stata in "stile Beethoven", immagino. Sentimenti contrastanti e manifestazioni senza mai mezze misure. A Rodolfo d'Asburgo, nipote dell'arciduca, sono state dedicate ben 15 opere! Nessun altro ha così tante dediche. Fra tutti, è quello a cui fu più legato. E non solo perché diceva che la sua era l'unica voce che riusciva a sentire senza cornetto!

GIORNALISTA

Legame reciproco o lui amava chi lo odiava e viceversa? Perché qua ormai non possiamo dare nulla per scontato!

DIRETTORE

No no! Si trattava di venerazione reciproca: Beethoven mostrava verso di lui una certa referenza quasi infantile, un certo servilismo.

GIORNALISTA

(*contrariata*) Ma allora, non capisco! Allora come si spiega il fatto che egli fosse… (*non trova la parola*) come l'ha definito prima?

DIRETTORE

"Indipendente". Te l'ho detto: contraddizioni interne. Non smetterà mai di stupirci. Però non dimenticare: Beethoven era un piccolo borghese, un piccolo imprenditore di se stesso. La sua arte non era "in svendita". E molte furono le occasioni in cui provò a dimostrarlo a tutti. Lo conosci l'episodio del castello di Slesia?

GIORNALISTA

No, mi spiace.

DIRETTORE

Il suo mecenate dell'epoca, il principe Lichnowsky, che lo stava ospitando lo minacciò di metterlo agli arresti se non si fosse esibito davanti ad alcuni ufficiali napoleonici ospiti nel castello. I due litigarono e Beethoven scappò dicendogli: «Principe, ciò che siete, lo siete in occasione della nascita. Ciò che sono, lo sono per me. Principi ce n'è e ce ne saranno ancora migliaia. Di Beethoven ce n'è soltanto uno». La dice lunga, no?

GIORNALISTA

Ma siamo veramente sicuri, allora, che la sua pretesa di esser nobile nascesse dal desiderio di essere accettato, di sentirsi uno di loro? Perché a me sembra il contrario!

DIRETTORE

Oh, sì. Abbastanza sicuri! Non avrebbe conservato ogni medaglia e onorificenza come tra gli oggetti a lui più preziosi, così gelosamente. Anche se come fece per tutta vita, diceva a tutti il contrario. (*pausa*) Ti vedo perplessa!

GIORNALISTA

No, è che è strano. Noi, intendo noi non esperti, pensiamo sempre a Beethoven come a un genio, la cui caratteristica peculiare è il fatto che fosse sordo, che non sentisse la musica che componeva…

DIRETTORE

(*interrompendola*) Beh, attenzione! Beethoven non l'ha sentita eseguire, ma la musica l'ha ascoltata eccome, dentro di sé.

GIORNALISTA

Ah ecco, sì mi scusi… grazie.

DIRETTORE

Scusa ti ho interrotto il ragionamento, cosa stavi dicendo?

GIORNALISTA

Niente… che è pazzesco scoprire tutti questi aspetti del carattere, della psicologia di Beethoven. (*pausa in cui riflette e poi torna su di lui*) Mi scusi, le sembrerò una sciocca: è solo che come sempre la realtà è diversa da quella che ci immaginiamo!

DIRETTORE

La realtà di Beethoven, per di più, è molto ambigua: gli psicologi si divertirebbero un sacco se lo avessero in analisi (*ride*). Riuscirebbero loro a rispondere alla fatidica domanda?

GIORNALISTA

Perché diamine volesse essere considerato nobile?

Direttore

Esatto! Voleva crearsi una personalità che corrispondesse alle sue risorse e ai suoi risultati creativi? Oppure voleva superare le sue umili origini e cercare un padre mitico, nobile: un padre diverso da quello violento che l'aveva cresciuto, un padre – imperatore – come quello di Rodolfo? In fondo si diceva in giro che fosse il figlio illegittimo di re Federico Guglielmo II!

Giornalista

(*sorpresa*) Davvero?

Direttore

(*svogliato e facendo gesto con la mano*) Dicerie...

Giornalista

Ma il nipote cosa c'entra con tutta questa faccenda "freudiana"?

Direttore

Impadronirsi del nipote era l'illusorio mezzo con cui Beethoven riscattava la propria origine. Divenendo suo tutore poteva trasformarsi nel nobile padre che lui non aveva avuto. In fondo Beethoven, desiderando possedere Karl e coinvolgendo Johanna, aveva involontariamente creato una "famiglia", seppur tenuta insieme solo dalla rabbia.

Giornalista

(*pausa – cercando di tirare le fila*) Così il tribunale diede a lui la tutela?

Direttore

Non proprio. Il tribunale chiese quali fossero i suoi

progetti per Karl e Beethoven diede, diciamo, la ri-
sposta sbagliata! *(ride)*

GIORNALISTA

Cioè?

DIRETTORE

Disse che lo avrebbe mandato al Molker Convict e
che se, invece, fosse stato riconosciuto di nobili origini lo avrebbe affidato a un istituto più aristocratico:
una semplice frase che fece suonare un campanello
d'allarme e la corte volle approfondire. Volevano
vedere dei documenti provanti la sua nobiltà, documenti che ovviamente non esistevano.

GIORNALISTA

Così?

DIRETTORE

E così la controversia della tutela fu trasferita alla
magistratura ordinaria: questo fatto ovviamente
fu una vera e propria mortificazione pubblica che
Beethoven soffrì moltissimo.

GIORNALISTA

L'altro tribunale cosa decise?

DIRETTORE

L'esito fu sempre lo stesso. Beethoven rimaneva il
tutore legale, e alla fine non riuscì a essere molto di
più per il nipote. Il povero Karl, disperato, provò
il suicidio senza successo. Questo fu una seconda
profonda ferita per Beethoven, che ne rimase così
sconvolto che pare fosse invecchiato tutto in un
colpo. Schindler diceva che a 55 anni sembrava ne

avesse più di 70. Alla fine si fece convincere da Von Breuning e assecondare il desiderio del nipote di iniziare una carriera militare. Se non fosse stato per le raccomandazioni proprio del suo nobile amico – Von Breuning – Karl non sarebbe mai potuto entrare nell' esercito con un passato da suicida.

GIORNALISTA

È molto triste pensare quanto amore provasse Beethoven, e ciò nonostante quanto male lo abbia dimostrato e quanto dolore abbia provocato!

DIRETTORE

La forma ossessiva e possessiva che aveva nei confronti del nipote gli impedì di educarlo realmente. Ma è più triste pensare che alla fine non riuscì a trasmettergli neppure un briciolo della sua alta concezione della vita. Perché, questo va detto. Beethoven aveva una sofisticata idea del senso della vita e della morte… (*un campanello avverte della ripresa delle prove*).

DIRETTORE

Scusa devo tornare alle prove: è il momento dello Scherzo. Ma se ti va, puoi aspettarmi.

SCENA III

Karl *e* Johanna

Vienna 29 marzo 1827. Come in Scena I

KARL

(entrando con un pacco di fogli) Queste sono le carte che Schindler e Von Breuning hanno trovato nel cassetto.

JOHANNA

(avida) Ci sono le azioni bancarie che aveva comprato tuo zio?

KARL

Sì mamma. *(mesto)* Insieme a tutte le ricevute delle mie spese che voleva vedere: non si fidava neppure di me.

JOHANNA

Cos'altro c'è? *(strappandogli un foglio dalle mani)* Fammi vedere: questo è il certificato di nascita.

KARL

Ha fatto impazzire tutti con quella storia. Il Maestro Ries ha faticato a procurarsi questo certificato e lo zio cosa gli ha detto? Che non era "quello corretto", che si riferiva al fratello nato prima di lui.

JOHANNA

(confusa) Ma di che fratello stava mai parlando?

KARL

Parlava di un bambino, nato prima di lui, Ludwig Maria, morto subito.

JOHANNA

Aveva sempre mille idee per la testa tuo zio…

KARL

Però alla fine non ho mai saputo quando fargli gli auguri di compleanno!

JOHANNA

(*sfogliando tra le carte*) Qua ci sono altre carte: (*infastidita*) lettere, solo lettere (*pausa, leggendo*) – Questa a chi è indirizzata, riesci a decifrare la sua calligrafia?

KARL

(*leggendo*) Mio Angelo, mio tutto. Poche parol…

JOHANNA

(*interrompendolo, piena di odio*) Tuo zio ha mai davvero amato qualcuno? Una donna poi… buah! (*prendendo un altro foglio*) Questa invece?

KARL

(*leggendo*) Heiligenstadt, 6 ottobre 1802. Per i miei fratelli Carl… (*ipotizzando*) Johann sembra cancellato… (*leggendo*) Beethoven. O voi uomini… (*parlando con sua madre*) questa è la lettera indirizzata ai suoi fratelli, è il testamento in cui confessa di essere sordo.

JOHANNA

(*preoccupata*) Come testamento? Dammi. Qua, qua sotto, qua, sembra ci sia scritto che lascia tutto ai suoi fratelli. E allora tu?

KARL

Lo sai che prima di morire mi ha nominato suo unico erede con un nuovo testamento, *(cinico)* se è il denaro ciò che ti preoccupa tanto!

JOHANNA

Perché ti stupisci così se mi preoccupo per il tuo futuro!

KARL

No, certo… è che a rileggere queste lettere mi sento un po' in colpa!

JOHANNA

In colpa? Tu? Forse dovrebbe essere il contrario, se solo tuo zio non giacesse a Währing.

KARL

Non hai mai avuto pietà di lui!

JOHANNA

(esasperata) Non l'ha mai voluta, Karl! Non si è mai capito cosa volesse veramente tuo zio: se ne stava sempre così solo e scontroso, però poi sempre a pretendere che qualcuno lo accompagnasse di qua o di là…

KARL

Era sordo mamma!

JOHANNA

Se l'avesse detto subito, magari le persone intorno a lui avrebbero compreso meglio le sue reazioni così… così assurde! Ma no, lui teneva tutto nascosto: nessuno doveva notare il "suo segreto"!

KARL

(*tristemente*) Lo chiamava "lo spirito maligno installato nelle orecchie".

JOHANNA

Già perché tuo zio doveva sempre dare la colpa a qualcun altro: se non era quello, allora erano i suoi medici a essere tutti degli incompetenti...

KARL

Se ne vergognava ed era spaventato...

JOHANNA

Spaventato? Ma fammi il piacere!

KARL

E come biasimarlo? Era un musicista: si è mai sentito di un compositore sordo? Cosa avrebbe pensato la gente? Finché ha potuto non voleva che nessuno lo sapesse. Ha tenuto lontano tutti, isolandosi, ritirandosi nella solitudine.

JOHANNA

Allora perché ha trascinato anche te in questo suo piccolo mondo solitario e silenzioso?

KARL

(*debolmente*) Perché...

JOHANNA

(*incalzandolo*) Perché usare tanta forza e rabbia? Tu hai mai sentito parlare di altri sordi che aggrediscono continuamente i loro interlocutori? No, non mi sembra.

KARL

Era il suo orgoglio a urlare contro un destino crudele che lo aveva così tremendamente menomato!

JOHANNA

Ah, sciocchezze. Come sempre aveva reazioni esagerate! Tuo padre non riusciva a farsi restituire i cuscini con cui tuo zio si era tappato per una notte intera le orecchie dal frastuono dei bombardamenti!

KARL

Sei ingiusta. Lo zio dovette smettere di suonare e di dirigere in pubblico le sue opere.

JOHANNA

Ma non ha smesso di comporre e di guadagnare dalla sua musica, mi pare.

KARL

Ma come ti saresti sentita tu?

JOHANNA

A fare cosa?

KARL

A scrivere musica che la gente ha amato, e non sentirne gli applausi.

JOHANNA

Come la fai grossa tu!

KARL

Non si è neppure accorto del suo più grande trionfo, mamma...

Johanna

A cosa ti riferisci adesso?

Karl

A queste *(debolmente)* a queste *(mostrando delle carte)*.

Johanna

(grossolana) Che roba è? Sono le partiture della sua ultima sinfonia. *(sarcastica)* La grande sinfonia dedicata al re Federico Guglielmo III. La sera della prima com'era il palco reale? Vuoto! Cosa, cosa dovrei pensare allora con questi fogli tra le mani?

Karl

(tristissimo) Non ti ricordi che è stata una cantante a prendere per una manica lo zio, a girarlo verso il pubblico, un pubblico che aveva interrotto più volte l'esecuzione con scrosci di applausi di gioia: non sentì neppure uno di quegli applausi. Nemmeno un *(fa un applauso con le mani)* del suo trionfo.

Johanna

Io ricordo, Karl, che tu quella sera hai dovuto accompagnarlo al botteghino per fare da testimone al ritiro della sua parte d'incasso, *(sarcastica)* che se non sbaglio non fu così "trionfale"!

Karl

Abbiamo ritirato solo 420 fiorini, in effetti.

Johanna

E come reagì il tuo grande zio?

Karl

(tace)

JOHANNA

Non ti ricordi? Sfogò la sua ira contro tutti quelli che lo avevano aiutato a mettere in scena la sua grande sinfonia. I suoi amici se ne andarono offesi. Una grande scena di ringraziamenti, non c'è dubbio: tuo zio era incapace di ogni forma di fratellanza. Ecco la verità!

* * *

BEETHOVEN

(*voce fuori campo*) O voi, uomini, che mi ritenete o mi fate passare per astioso, folle e misantropo, come siete ingiusti con me! Voi ignorate le segrete ragioni di ciò che vi sembra! Il mio cuore e il mio spirito erano inclinati, sin dall'infanzia, al dolce sentimento della bontà. Persino a compiere grandi opere io fui sempre disposto.

Ma pensate che da sei anni, ormai, io sono caduto in una condizione disperata; che questa situazione mi si è andata aggravando per colpa di medici senza criterio e che, di anno in anno, io mi sono illuso nella speranza di un miglioramento e, infine, costretto alla prospettiva di un male duraturo, di cui la guarigione richiederà forse lunghissimo tempo o è forse addirittura impossibile.

Nato con un temperamento ardente e attivo, accessibile anche alle distrazioni della società, ho dovuto, ben presto, separarmi dagli uomini e trascorrere la vita in solitudine. Se anche io volevo, talvolta, sormontare tutto questo, oh, come duramente venivo respinto dalla triste e rinnovata esperienza della mia infermità! Eppure non mi era ancor possibile di dire agli uomini: «Parlate più forte, gridate, perché io sono sordo!». Ah, come potrei andar rivelando proprio la debolezza di un senso che io dovrei possedere più perfetto di ogni altro, un senso ch'ebbi dotato di grandissima perfezione, quale certamente poche persone del mio mestiere hanno mai avuta! Oh, non posso!

Perdonatemi dunque se mi vedete vivere in disparte, mentre vorrei mescolarmi alla vostra compagnia. La mia disgrazia mi è doppiamente penosa, poiché a essa debbo anche di essere mal giudicato. Per me non esiste il ristoro della compagnia coi miei simili, delle delicate conversazioni, delle mutue confidenze. Completamente solo, io posso frequentare la società, unicamente in quanto lo esiga una necessità assoluta, e mi tocca di vivere come un proscritto. Se mi avvicino alla gente, vengo afferrato da un'angoscia divorante, e ciò per il rischio di render noto il mio stato.

Tali esperienze mi portaron quasi alla disperazione. Poco mancò che io stesso non mettessi fine alla mia vita. Soltanto essa, soltanto l'Arte mi ha trattenuto…

SCENA IV

Direttore *e* Giornalista

Vienna 29 marzo 2015. Come in Scena II

DIRETTORE

(*entrando con le partiture in mano*) Eccoci nuovamente qui, mi spiace averti fatto aspettare, ma gli orari delle prove sono abbastanza rigidi. Hai visto qualcosa? (*appoggia la partitura sul tavolo*)

GIORNALISTA

Le ho seguite tutte, grazie. Questa (*indicando la partitura*) è la grande partitura della Nona?

DIRETTORE

Ebbene sì; (*sorridendo*) le grandi pagine da domare (*ride*). So l'effetto che può fare: pensare che quei fogli possano contenere tutta quella musica!

GIORNALISTA

È molto suggestivo, già.

DIRETTORE

Sai che gli spartiti originali sono conservati alla Biblioteca di Stato di Berlino e nel 2001 sono stati dichiarati dall'Unesco "Memoria del Mondo"?

GIORNALISTA

Non lo sapevo, ma non riesco a immaginare qualcosa di più "mondiale" in effetti.

Beh, la cosa in realtà ha alzato un certo polverone perché sono stati attribuiti alla Germania, luogo di nascita di Beethoven, e non all'Austria, paese di adozione e di esecuzione, che se l'è presa non poco!

GIORNALISTA

Ecco come riusciamo sempre a rovinare tutto.

DIRETTORE

Ma il potere della musica non ne ha risentito, tranquilla. Tempo fa ho sentito un'intervista a Barenboim che aveva appena eseguito la Nona in Africa. Sai, lì il sistema musicale è diverso da quello occidentale, loro sentono la nostra musica tonale come qualcosa di estremamente diverso: eppure, dopo aver sentito la Nona sinfonia, qualcuno disse a Barenboim che, anche se quella era una musica per loro strana, avevano sentito dentro (*toccandosi il petto*) che diceva "qualcosa di importante". Io credo sia la testimonianza più grande dell'universalità di questa musica!

GIORNALISTA

Lei dunque crede che questo fosse il messaggio che Beethoven volesse trasmettere con l'Inno alla gioia?

DIRETTORE

Gli esatti intenti programmatici di Beethoven rimarranno per sempre misteriosi. Però, il fatto che egli si definisse un "poeta dei suoni" e il fatto che credesse i poeti i più grandi insegnanti può suggerirci il fatto che egli volesse – consapevolmente – che noi trovassimo dei "significati" nel testo, nel disegno formale e nei simboli tonali e melodici della sinfonia.

GIORNALISTA

Quali sarebbero questi significati?

DIRETTORE

Io credo che codificare dei significati precisi nella musica sia molto difficile. Prendi per esempio l'inizio della Nona. Si può affermare che sia l'immagine della Creazione – plausibile! – ma può anche simboleggiare il risveglio dal sogno, la nascita o il presentarsi di un pensiero...

GIORNALISTA

Quindi? Non capisco, prima ha parlato di significati.

DIRETTORE

Sì, nel senso che la Nona sinfonia è un simbolo, i cui termini di riferimento non possono essere conosciuti del tutto ed è proprio nell'impossibilità di decodificarli pienamente che risiede il suo potere *(pausa)* così universale.

GIORNALISTA

Ho letto che la Nona può essere considerata una lunga metafora della ricerca dell'Elisio, di un paradiso, di una ritrovata armonia con la Natura. Con la sua promessa di fratellanza, riconciliazione e vita eterna. Non è questo che dice il testo di Schiller?

DIRETTORE

Certo, ma puoi considerarla anche una ricerca verso una divinità che trascenda ogni specificazione di credo religioso, verso una fusione di cristianesimo e credenze pagane. Prendi il terzo movimento per esempio: ecco, per me il terzo movimento è uno degli apici beethoveniani! In un adagio di stile rigorosamente religioso nella sua forma, riesce a rappresentare una umanità che tende verso questa religiosità, senza però arrivarci mai. (*pausa*) È straordinario!

GIORNALISTA

Beethoven era credente?

DIRETTORE

A modo suo: non era cattolico praticante, anche se aveva ricevuto il battesimo e l'estrema unzione. Aveva interessi verso pratiche pagane, rituali orientali ed egiziani. Comunque pregava, pregava un Dio personale, un Dio che credeva onnisciente e onnipotente a cui lui stesso tendeva e a cui voleva fare avvicinare tutti gli altri attraverso la sua musica.

GIORNALISTA

Mi sembra di intuire che ci sono veramente molte forze all'interno di questa musica: la creazione e l'immensità, il religioso e l'intimità, l'aggressività e l'abbandono. Lei riuscirebbe a trovare un termine in grado di definirla?

DIRETTORE

Direi forse "trascendentale" nel senso letterale di qualcosa che "va oltre".

GIORNALISTA

Oltre a cosa?

DIRETTORE

Oltre i limiti! Beethoven tenta di progettare l'infinito. Beethoven cerca l'eterno.

GIORNALISTA

Decisamente ambizioso. E ci è riuscito?

DIRETTORE

È riuscito a simboleggiare gli stati estremi, sì. Con una miriade di nuove immagini musicali che aprono le porte alla modernità come la intendiamo noi oggi. Abbandona l'ordine e la simmetria per la disgregazione e il disorientamento. Nessuno aveva osato tanto. Se ti piace, puoi vedere la Nona come un viaggio attraverso gli spazi del caos.

GIORNALISTA

Il caos rimanda a qualcosa di potenzialmente pericoloso, o sbaglio?

DIRETTORE

(*ridacchiando*) Diciamo che quello di Beethoven è un classicismo rischioso. Dal punto di vista musicale introduce l'originale e lo stravagante come strumenti per trovare un ordine al caos.

GIORNALISTA

Al caos sonoro? Perché nella Nona momenti forti di "frastuono" e "dissonanza" ce ne sono.

DIRETTORE

Come no! Pensa solo all'inizio dell'ultimo movimento! Un urlo quasi bestiale, una fanfara infernale. Qualcosa di mai ascoltato fino ad allora.

GIORNALISTA

Beethoven era già sordo quando l'ha composta?

DIRETTORE

Oh certo, sordo come una campana.

GIORNALISTA

E siamo sicuri che questo uso particolare della sonorità non fosse legato al fatto che non sentisse nulla?

DIRETTORE

No, no: qui non c'entra nulla! I primi problemi all'udito cominciarono molto prima della composizione della Nona.

GIORNALISTA

Può parlarne brevemente, di questi disturbi?

DIRETTORE

Certo: iniziarono all'orecchio sinistro intorno al 1796 e poco dopo colpirono anche il destro.

GIORNALISTA

Non è quindi diventato sordo d'improvviso.

DIRETTORE

No, assolutamente. All'inizio la sua sordità, che non era totale, era però accompagnata da un tintinnio, o meglio qualcosa che gli ruggiva nelle orecchie. Per fortuna, se così si può dire, quando nel 1815 divenne completamente sordo, almeno quel fastidio che lo rendeva terribilmente nervoso scomparve.

GIORNALISTA

Si conosce quale sia l'origine della sua sordità?

DIRETTORE

Ci sono due ipotesi. La prima afferma che la sordità fosse dovuta a un danno diretto al nervo acustico e l'altra che fosse un'otosclerosi.

GIORNALISTA

Che sarebbe?

DIRETTORE

Un ispessimento, da parte di tessuti fibrosi, degli ossicini dell'orecchio medio che conducono il suono. Devi sapere che l'orecchio è suddiviso in tre parti: esterno, medio e interno. L'orecchio medio, grande un centimetro cubo, amplifica il suono di circa venti volte e lo convoglia all'orecchio interno. Le onde sonore che viaggiano attraverso il canale uditivo vanno infatti a colpire il timpano e lo mettono in vibrazione. Questa "informazione-onda" viaggia attraverso la cavità dell'orecchio medio piena d'aria attraverso una serie di ossa delicate: il martello, l'incudine e la staffa. I tre ossicini incriminati in Beethoven.

GIORNALISTA

Capisco, ma allora perché due ipotesi? Non hanno fatto l'autopsia? Avranno esaminato questi ossicini?

DIRETTORE

Sì, certo; ma è pur sempre stata un'autopsia dell'Ottocento. Il dottor Johann Wagner e il suo allievo Rokitansky la fecero il giorno dopo la sua morte, ma gli strumenti e le conoscenze di allora non ci offrono informazioni sufficienti per risolvere comunque alcuni quesiti.

GIORNALISTA

Quali quesiti?

DIRETTORE

Ci sono elementi discordanti fra ciò che si è visto e ciò che Beethoven diceva.

GIORNALISTA

Per esempio?

DIRETTORE

Per esempio la otosclerosi è la causa di sordità più comune in un uomo di ventotto anni, però è in contraddizione con il fatto che Beethoven lamentasse di non udire le alte frequenze, un effetto per nulla tipico di quella malattia.

GIORNALISTA

Quindi sarebbe più corretto pensare al problema dei nervi?

DIRETTORE

Io sono un direttore d'orchestra, quindi non vorrei entrare troppo nello specifico. Però ho letto che i caratteri atipici presenti in quella che potrebbe essere l'otosclerosi di Beethoven possono essere spiegati da un'altra malattia, causata dai suoi stessi medici.

GIORNALISTA

(*sorpresa*) Dai suoi medici?

DIRETTORE

Dall'autopsia è stato rilevato che il condotto uditivo esterno presentava delle "scaglie epiteliali" e questo fa pensare che Beethoven abbia sofferto di un'infiammazione dell'orecchio esterno, provocata dai numerosi farmaci e apparecchi meccanici che i suoi medici avevano introdotto nelle sue orecchie.

Così è davvero difficile capirne l'origine. Mi scusi, ma non si è anche parlato di una possibile sifilide? Non hanno analizzato un ciuffo dei suoi capelli, a riguardo, recentemente?

La storia del ciuffo di capelli meriterebbe un'altra intervista in effetti, comunque sì: hanno fatto anche questo. Molti ne sono convinti. La perdita di udito di Beethoven sembra, dalle testimonianze, che fluttuasse, come sarebbe stato tipico se fosse stata provocata dalla sifilide: la verità è che non esiste nessuna spiegazione definitiva della sordità di Beethoven.

Lei mi dà per certo che la sua sordità non abbia influenzato il suo modo di comporre?

No, ti ho detto che nelle scelte sonore e armoniche della Nona la sordità non c'entra nulla. Però ci sono recenti studi, mi sembra di una università olandese, che hanno dimostrato che le note che udiva di più erano anche quelle da lui più usate, per lo meno nel periodo di transizione, prima di perdere l'udito completamente.

Giornalista

Quindi erano usate di più quelle medie e basse frequenza, giusto?

Direttore

Così pare. Quando, dopo il 1820, Beethoven ha capito che non avrebbe proprio mai più sentito la sua musica, è stato costretto ad affidarsi nuovamente solo al suo orecchio interno ed è lentamente tornato al suo mondo musicale interiore e alle precedenti esperienze di composizione. Come dimostrano gli acuti della Nona.

Giornalista

Stavo proprio pensando a quelli infatti. È vera la storia che la prima soprano chiese a Beethoven di alleggerire la pressione sulle voci alte?

Direttore

Vero. Caroline Unger fu l'interprete della prima, il 7 maggio 1824, e fu lei a implorare un Beethoven inamovibile. E fu lei che girò Beethoven verso il pubblico in tripudio!

Giornalista

Perché lui non sentiva gli applausi?

Direttore

Pare fosse rimasto assorto con lo sguardo fisso sulle partiture.

Giornalista

(*incredula*) Ma scusi, non poteva guardare l'orchestra?

DIRETTORE

Questo ci dice ancora molto sulla sordità di Beethoven.

GIORNALISTA

In che senso?

DIRETTORE

Fin dall'infanzia pare fosse incline a ritirarsi in un mondo fantastico, a isolarsi, a rispondere a monosillabi.

GIORNALISTA

Prima ancora di diventare sordo?

DIRETTORE

Esatto. La musica di Beethoven è nata all'interno di uno spazio silenzioso ricavato dal suo stesso corpo, perennemente isolato. Forse è per questo motivo che quando iniziarono i primi sintomi della sua sordità chiese ai suoi amici intimi che questo fatto rimanesse un segreto.

GIORNALISTA

In che senso?

DIRETTORE

Perché il suo "grande segreto", forse, non era tanto la sordità, ma l'accettazione che questa fosse una condizione necessaria della sua creatività.

GIORNALISTA

Ma allora come spiegare tutte le reazioni di sofferenza e disperazione?

DIRETTORE

Perché anche se le energie musicali sono state scarsamente menomate da quella che lui comunque considerava una punizione, ciò non gli toglieva l'ansia e il senso di vergogna!

GIORNALISTA

(sorpresa) Ansia?

DIRETTORE

Pare che i suoni forti provocassero ansia in Beethoven. Smise di suonare l'organo perché i suoi nervi non sopportavano la potenza dello strumento, oppure durante un bombardamento francese nel 1809 si nascose nella cantina del fratello tappandosi le orecchie con dei cuscini.

GIORNALISTA

Qual è la spiegazione per questi fatti?

DIRETTORE

Ricerche cliniche pare dimostrino che il rumore richiami il ricordo di essere stato maltrattato e picchiato durante l'infanzia.

GIORNALISTA

Cosa che suo padre fece, giusto?

DIRETTORE

Esatto. Comunque il fatto è che all'inizio si appartò dalla società, provò a rinunciare all'amore e alla prospettiva di costruire una sua famiglia senza successo.

GIORNALISTA

Perché, in realtà, del mondo aveva bisogno.

DIRETTORE

Esatto. L'Amata immortale, di cui ancora oggi non conosciamo l'identità, il sequestro del nipote, la lotta con la cognata: tutto testimonia l'intensificarsi del suo impulso a istituire rapporti umani coinvolgenti e concreti proprio quando la sordità gli andava tagliando i fili con il mondo. In fondo, come nella Nona, anche nella vita privata, Beethoven cercava solo una cosa.

GIORNALISTA

(*concludendo il ragionamento*) Un principio ordinativo al caos!

DIRETTORE

Brava. Un caos che non era soltanto espresso dalle impressioni sensoriali dell'ascolto, ma che era anche quell'insieme di tendenze insite nella sua personalità.

GIORNALISTA

Beethoven era pieno di contraddizioni. È questo che provò a fare? A mettere ordine al suo caos emotivo?

DIRETTORE

Era egocentrico e dispotico da una parte, altruista e generoso dall'altra. Irrazionale nelle sue manifestazioni, superbo nell'elaborazione estetica. Spaventato dalla morte, incline al suicidio e preoccupato non solo dell'eternità, ma anche della mortalità.

GIORNALISTA

(*dolce*) Oh, se avesse saputo che la sua musica lo avrebbe davvero reso immortale, sarebbe stato meno infelice.

DIRETTORE

Ma lo credeva: per lui la musica era un'antagonista alla morte, una sorte di magia protettiva. L'annullamento della morte attraverso la sua trasfigurazione nella beatitudine è il programma nascosto della Nona sinfonia.

GIORNALISTA

Un programma quasi folle!

DIRETTORE

Immenso, direi.

GIORNALISTA

La storia credo gli abbia donato l'immortalità. Ma musicalmente. Beethoven è riuscito nel suo intento. Ha annullato la morte?

DIRETTORE

Una bella domanda. Quello che sapeva Beethoven è che non c'è resurrezione senza morte. Ogni risveglio presuppone un sonno.

GIORNALISTA

Non la seguo più…

DIRETTORE

Beethoven sapeva che l'Adagio era il necessario presupposto all'Ode alla gioia. In quel rifugio trionfante e conclusivo della sinfonia, Beethoven ha trovato la sua garanzia di immortalità. L'Inno alla gioia annuncia una resurrezione individuale e universale: qui sta tutta la sua grandezza.

GIORNALISTA

Individuale nel senso di Beethoven "persona"?

DIRETTORE

Gli oggetti del suo desiderio, come la ricostruzione di una famiglia divisa, il recupero di un passato idilliaco, la conquista di un momento di pura gioia e la vita eterna sono tutti tangibili nella sua musica, esattamente come tutte le sue paure più oscure. Forse in quella resurrezione Beethoven può avere inconsciamente pensato di trovare finalmente risposte ai suoi problemi di vecchia data.

GIORNALISTA

Come la sua ossessione di avere origini nobili, di essere il figlio illegittimo di un re?

DIRETTORE

Soprattutto a quella. Beethoven per tutta la vita desiderò scoprire come fosse venuto al mondo.

GIORNALISTA

Ma perché non conosceva i suoi genitori o credeva alle dicerie?

DIRETTORE

Sì sì, li conosceva anche se forse avrebbe preferito non conoscerli visto il rapporto. Ma da due cose era ossessionato: la prima, la sua data di nascita.

GIORNALISTA

Il 16 dicembre 1770.

Direttore

Solo che lui era convinto di essere nato nel 1772 e ha reso tutti pazzi a cercare certificati di nascita e prove!

Giornalista

Le hanno trovate?

Direttore

Sì, ma lui non si dava pace: per questo alla fine ha dedicato la sua più grande sinfonia a quello che lui considerava suo fratello…

Giornalista

Chi?

Direttore

Il figlio di re Federico Guglielmo II, Federico Guglielmo III. Attraverso la sua musica Beethoven si riconciliò con il suo passato, con il desiderio di trovare un padre ideale, che nella sinfonia è addirittura un padre divino.

Giornalista

Ma perché?

Direttore

Per celebrare il principio di fratellanza e di amore più universale che sia mai esistito. Per sublimare – alla fine di tutto – la sua più grande paura, il suo più grande dilemma: l'idea di non essere voluto, di non essere amato!

Giornalista

(tace)

Direttore

Ti ho turbato?

Giornalista

No, no… assolutamente. È solo che non sapevo tutte queste cose di Beethoven. Mi chiedo cosa proverò adesso quando sentirò nuovamente la Nona.

Direttore

Proverai lo stesso che hai sempre provato, ascolterai la musica… e quella sarà più forte di tutte le parole che ci siamo detti oggi, credimi. Per questo mi piace essere un direttore d'orchestra, perché in realtà non servono le parole. La musica ci dice già tutto, parla per me, per tutti noi…

www.ingramcontent.com/pod-product-compliance
Lightning Source LLC
LaVergne TN
LVHW041432170726
843492LV00008B/2578